56
I_{16} 916

UN EXILÉ

A

M. LOUIS BLANC

PAR

M. DE BONNAL,

Ex-rédacteur de la PRESSE, ex-exilé.

—

50 CENTIMES.

—

POITIERS

HENRI OUDIN, IMPRIMEUR-ÉDITEUR.

1860

. Louis Blanc vient d'écrire au sujet de l'amnistie : « Que la liberté soit complétement et sincèrement rétablie en France, je suis pour ma part disposé à y applaudir. On nous permet de rentrer en France; pourquoi y serions-nous tant qu'elle reste soumise à l'esclavage? Serait-ce pour compléter la victoire de la force sur le droit? Pour faire que le despotisme impérial soit plus absolument privé d'opposition? Pour y être esclaves au milieu d'esclaves.? »

Ainsi, d'après M. Louis Blanc, le régime impérial est l'usurpation de la force sur le droit, l'anéantissement de toute liberté et la constitution de l'esclavage.

Voilà qui est sonore. Est-ce exact? N'est-ce pas la perpétuelle redite de tous les partis déchus, de ce qui n'est pas et de ce qui veut être?

Faisons de la logique et soyons de bonne foi. Soyons surtout conséquents avec nos principes.

1859

M. Louis Blanc est l'homme de la démocratie, c'est-à-dire de la souveraineté du peuple et, par suite, du règne des majorités par l'organe du suffrage universel.

Les minorités ne sauraient constituer cette souveraineté, puisque, dans ce cas, tout parti, toute opinion, tout individu, tout caprice privé aurait le droit de s'ériger en souverain et qu'il n'existerait plus de souveraineté publique.

Or, la presque unanimité de la France électorale, huit millions de suffrages sur dix, au scrutin secret, élit ou plutôt acclame Napoléon III. Y a-t-il là manifestation d'une imposante majorité? Cette majorité formidable veut-elle oui ou non de la Dynastie Napoléonienne? Repousse-t-elle oui ou non le régime républicain?

L'Empire subsiste-t-il dès-lors en vertu du droit ou de la force, quand huit millions de suffrages sur dix votent l'Empire et la fin de la république?

De quel droit donc M. Louis Blanc relève-t-il la république en face de cette manifestation nationale?

Vous voulez donc, Monsieur, le règne des minorités sur les majorités? Il faut oser le dire. Mais que devient alors votre principe démocratique? C'est donc une minorité aristocratique et la pire, que vous voulez substituer à une majorité, à une unanimité démocratique? Vous n'êtes donc pas républicain? Si vous l'êtes, avec quelle inconséquence de doctrines. Vous voudriez donc vous ériger en dictateur au service de votre opinion personnelle, au détriment de la conviction de tous? M. Louis Blanc, c'est donc la France? La France ne compte donc plus devant les appréciations de M. Louis Blanc? Vous êtes donc bien grand ; nous sommes donc bien petits? Que d'orgueil ou dans notre cœur ou dans le vôtre, nous, de nous croire un peuple majeur; vous, de vous croire l'expression suprême d'une nation. M. Louis Blanc est républicain et la France doit être républicaine ; il marcherait au vent des principes despotiques et, comme on le voit, il lui ouvre largement les ailes, que la France devrait embrasser le despotisme, sauf à entendre M. Louis Blanc s'écrier que la force s'impose au droit !

Mais, tel est encore le langage des partis; de ce qui n'est pas et qui voudrait être.

Il nous semble, Monsieur, que vous menacez singulièrement le droit par l'usurpation, et la force du plus fort par la violence du plus faible.

Que vous voilà déjà loin de votre principe et de ses doctrines, si vous repoussez l'expression des majorités, qui vous condamne ; et, si vous l'admettez, que votre jugement sur la force impériale s'imposant au droit national serait bouffonnement puéril, s'il n'était tristement révolutionnaire.

La meilleure preuve pour tous que l'Empire représente les majorités et que vous ne représentez qu'une imperceptible fraction, c'est que, si Napoléon eût mis aux voix dans ces derniers temps l'Empire ou

la République, il n'eût pas dépendu de lui de proclamer une amnistie sans péril pour les exilés.

Montesquieu a dit : Le peuple est admirable pour
choisir ceux à qui il veut déléguer son autorité.
Montesquieu a raison en principe, et les faits confir-
ment son opinion dans les temps passés comme dans
les temps modernes. Or, le peuple, c'est la majorité
du peuple, à moins que *un* ne soit plutôt que *neuf*
l'expression de dix.

A moins encore que *un* ne représente l'intelli-
gence, la raison, les besoins, la richesse matérielle
et morale, la divination à venir de neuf et ne fasse dix
à lui seul.

Ce raisonnement est assez ridicule; mais il a été
fait par les chefs de la démocratie : il ne pèche que
par la base.

Si *un* et M. Louis Blanc se trouvaient ainsi dans
leur milieu, *neuf* ou trente-cinq millions de Français
n'y seraient pas. Mais, dites-vous, notre mission est
de pousser ces trente-cinq millions d'idolâtres vers
notre niveau : ils sont une propriété du progrès et
par suite de l'avenir. Ils nous appartiennent donc
puisque cet avenir est notre domaine.

Mais, comme il s'agit du présent et non de l'avenir, que cet avenir n'appartient à personne, au dire
même de M. Victor Hugo; qu'il n'est pas certain
que *neuf* progressent ou qu'ils progressent dans le
sens de *un*, pourquoi donner prématurément à *un*
la tutelle de *neuf*? Qui nous dit qu'il n'en abusera

pas? Ne lui constituez-vous point ainsi un despotisme et, cependant, vous n'en voulez pas pour les
autres; vous ne pouvez pas en vouloir et vous l'ac-
cepteriez pous vous?

Quel modeste désintéressement!

Et quel despotisme, Monsieur! Je comprends celui
d'un seul; mais l'asservissement d'une majorité par
une minorité, c'est la faiblesse poussée jusqu'à la violence pour intimider et la nécessité de la terreur pour
créer la peur.

Puis, jusqu'à ce que les majorités s'élevassent au
niveau des minorités ou y descendissent, car qui
peut savoir où réside le vrai, quel ne serait pas leur
malaise et combien, quant au présent et à ses exigences de toute nature, ne pourraient-elles se plaindre d'une usurpation de la violence du plus faible
sur le droit du plus fort?

A ce même titre, tous les partis, toutes les aberra-
tions individuelles pourraient se donner comme les
interprètes de l'avenir et s'ériger en despotes de l'actualité.

Pourquoi donc vous, minorité, M. Louis Blanc,
au nom de l'avenir, vous empareriez-vous plutôt de
la France et de sa direction que M. le comte de
Chambord, que M. le comte de Paris, que les Four-
riéristes, que les Cabétistes, que les Proudhoniens,
que les Saints-Simoniens? Vous n'avez aucune raison
à produire qu'ils ne puissent vous opposer.

Et, du reste, Monsieur, vous n'en doutez pas, si

vous gouverniez la France, les partis que j'énumère diraient de vous ce que vous dites de l'Empire au grand scandale de votre conscience.

Pourquoi donc ne respectez-vous pas la conviction d'autrui, surtout celle des majorités?

Ne publiez donc pas que la force s'est imposée au droit, quand huit millions de Français sur dix ont prononcé contre vous en faveur de l'Empire; quand aujourd'hui vous n'obtiendriez pas même cent mille voix; car du peuple le plus noble, le plus fier, le plus courageux et qui le prouve, vous faites un peuple lâche, subissant la pression d'une antipathie et de sa honte dans un scrutin secret; applaudissant par servilisme son Empereur dans les rues et sur les places publiques, quand il pourrait et devrait se taire s'il lui répugnait.

Lorsque la France ne veut pas d'un homme ou d'un principe, elle les renverse, et vous l'avez assez répété après chaque révolution. Cependant, après chaque révolution, la France ne s'est pas toujours donné l'ordre de choses de son choix, les révolutions créant à l'aventure et notre nation sachant mieux détruire que réédifier.

Mais, quand la France applaudit son Prince ou son gouvernement, ne vous y trompez pas, c'est qu'elle les aime, qu'elle les honore et peut les honorer. Quel peuple plus que le peuple Français reconnaît ceux qui le mettent le plus en lumière sous le grand jour du monde? Lequel s'indigne plus que lui des situations serviles ou honteuses? Et c'est ce peuple qui pousse l'amour de la gloire et de la liberté jusqu'à la duperie, que vous ne craignez pas d'insulter?

Croyez-vous, par hasard, que le coup d'Etat de 1851 appartienne à Louis-Napoléon? Ce serait là une grave erreur et vous n'y croyez pas. Louis-Napoléon ne fut que l'agent de la France et son Pouvoir exécutif. La République imposée par les minorités fut supprimée par les majorités. Le droit l'emporta sur la force, et Napoléon lui-même, à la tête de la République, n'eût point imposé la République à l'unanimité de conviction, à l'unanimité d'intérêts, à l'unanimité de mœurs qui n'en voulaient pas. Allez! la France connaît ses droits et, telle est sa dignité, qu'elle les repousserait même s'ils lui étaient imposés par la violence!

Soyons de bonne foi, Monsieur. A quelque époque que ce soit de notre histoire, trouvez-vous la France plus puissante au dehors, plus en relief, plus écoutée, et au dedans, plus florissante, plus paisible, plus confiante, mieux assise dans un digne orgueil d'elle-même?

Voilà pour ce qui est de la domination du droit national par la force impériale.

Passons à l'esclavage.

M. Louis Blanc ne veut pas être esclave au milieu d'un peuple d'esclaves.

Et vous avez raison, Monsieur. Nous ne voulons

pas plus que vous de la servitude. Le peuple la re-
pousse. Pas plus que vous et nous, Napoléon III ne
s'en fait l'apôtre ou le disciple. Il est trop fier et trop
de son temps pour aimer le despotisme. Il lui préfère l'esprit hiérarchique, qui manque à la démocratie, sans lequel nulle société ne peut tenir, qu'il
pratique religieusement et fait strictement ob-
server.

Nous voulons tous la liberté civile, la liberté re-
ligieuse, la liberté politique, et nous les avons. Pour
mon compte je les veux, et cependant, exilé en
1852 comme vous, rentré sans condition, je suis aujourd'hui Maire d'une vaste commune de l'Empire.

Le gouvernement de L. Napoléon n'exclut donc
pas plus les éléments que les principes libéraux. Je
pourrais vous en fournir une éclatante preuve en énu-
mérant les actes de son Pouvoir depuis 1852. Je
vous prouverais qu'aucun gouvernement n'a péné-
tré comme le sien au cœur des intérêts les plus in-
times du peuple et n'a plus largement embrassé les
intérêts généraux de son époque; mais là n'est pas
pour vous la question, et j'arrive au sujet de vos
ennuis.

Entre votre opinion et la mienne il y a cette différence, avec bien d'autres, que je ne veux plus,
après épreuve, de la liberté absolue de la presse;
que vous la voulez et que sans elle, pour vous, il
n'est que servitude chez un peuple de serfs comme
le nôtre.

Je comprends qu'un prince détrôné regrette sa couronne.

Comme vous , Monsieur , je voulais la liberté de la presse avant 1848. C'est là une bien sainte théorie appliquée à un peuple de saints. — Le droit de tout dire! ne dire que la vérité, favorable ou contraire ! répondre avec Montesquieu : Ne croyez ni mon adversaire ni moi ! — Mais sommes-nous des saints par nos mœurs, par nos passions, par nos jalousies, par nos ambitions effrénées, par notre esprit d'insubordination contre toute hiérarchie de position, de talent, de vertu , de pouvoir et même de famille? Si vous doutez , lisez les deux cents journaux publiés à Paris en 1848 et dites-nous si la presse répond dans le style Montesquieu ; ce qu'elle a respecté ; ce qu'elle n'a pas sali, et si la pratique vaut la théorie sur ce premier plan de la liberté?

La presse? Que n'avait-elle fait de Louis-Napoléon et quel n'a pas été l'étonnement de la France et de l'Europe de trouver en lui, dans ce crétin de la presse, un grand homme qui nous fait marcher de surprise en surprise par l'élévation de sa politique, par la profondeur de ses vues, par l'audace des desseins, la prudence d'exécution et la domination de soi jusque dans les succès les plus entraînants !

La presse? A qui doit-elle plus qu'à M. de Girardin en fait et en principes, pour sa diffusion matérielle , l'éloquente découverte de ses plus subtiles et plus spécieuses théories, la dignité impartiale de sa

2

pratique, et qui a-t-elle plus indignement terni dans l'opinion publique d'une actualité qui, heureusement pour lui, n'est pas sans avenir !

Vous tous, Messieurs de tous les partis, dans les sciences, dans les arts, dans la vie privée, vous avez laissé aux serres de la presse quotidienne quelque vertu de vos caractères, quelque attribut de vos sentiments. Elle vous a doté de vices qui ne sont pas les vôtres, de projets dont rougirait le bagne faute de passions suffisantes. A sa convenance, elle fait grand ce qui est petit et petit ce qui est grand. Avec elle nul citoyen ne reste debout dans la vérité de sa physionomie propre, et tout bien ou tout mal dit par la presse, amie ou adverse et compensation faite, il n'est homme public qui ne se convertisse en tache sur le fond de notre histoire.

Toute célébrité devenant une flétrissure, l'effet qui en résulte pour les mœurs publiques et privées est facile à concevoir : c'est la démoralisation en bas et le dégoût en haut. Du dégoût aux malversations et de la démoralisation aux révolutions, il n'est qu'un pas. Que respectent des gens dégoûtés et ceux qu'on accoutume à mépriser ?

Quand un homme de la trempe de M. Guizot, cette belle figure des temps antiques, est traîné dans la boue, quel honnête homme voudra de sa succession et que d'intrigants pour la briguer.

La démoralisation sous le despotisme est un mal que la forme même du gouvernement tient en échec, les Pouvoirs de l'Etat se passant de son concours.

La démoralisation sous la démocratie est la fin de son régime politique, puisque le gouvernement ne vit et ne s'alimente que d'elle.

Les vices du gouvernement despotique poussent à la rigidité les classes d'en bas et acheminent vers l'affranchissement.

Les vices sous la démocratie poussent à un despotisme sans remède.

Sans la liberté de la presse, presque tout gouvernement peut tenir; avec la liberté de la presse, aucun gouvernement ne se maintiendra.

C'est que la presse ne vit qu'aux dépens des gouvernements. Sans gouvernements pas de presse; avec la presse pas de gouvernements.

A quoi bon une presse pour détruire?

Mieux vaudrait décréter de suite que le Pays fonctionnera sans gouvernement. Or, comme un gouvernement est nécessaire, il n'est de possible et d'admissible qu'une presse gouvernementale, ou si l'on préfère dynastique.

La puissance d'une nation se révèle par l'union la plus intime entre le peuple et le Pouvoir, entre les gouvernants et les gouvernés. Le propre de la liberté de la presse est, non-seulement de tenir en haleine les partis existants, mais encore d'en créer, d'en organiser et de les faire fonctionner.

La presse quotidienne n'est donc qu'un dissolvant.

Parce que vous proclamez inviolable la liberté
individuelle, laisserez-vous une arme entre les mains
d'un fou furieux et, cela, pour ménager les principes?

Pousser à toutes les libertés, on appelle cela faire
du patriotisme et c'est du reste se rendre populaire.
Mais, presque toutes ces libertés, que tant on vante,
à qui profitent-elles? Elles ne profitent guère qu'à
ceux qui doivent en abuser, qui n'ont rien à perdre,
qui ont tout à gagner.

Tout est relatif. Il n'est pas de petits intérêts dans
un État. Or, cette masse de petits intérêts réels, la
masse des grands intérêts, l'homme de bien, l'homme
de sens ne se plaindront jamais de manquer de liberté sous nos gouvernements modernes, et ils en
auront toujours assez parce qu'ils sauront en user.

Les hommes d'abus seuls poussent au relâchement
des liens sociaux et trouvent la liberté constam-
ment trop restreinte.

Le devoir du Gouvernement est de rester sourd
à la voix des hommes d'abus.

Quant à la presse gouvernementale, c'est-à-dire
conservatrice dans le progrès et par le progrès, celle-
là est libre. Elle peut tout le bien de son initiative et
du savoir des hommes éminents qui la composent.
Libre de bien faire par essence, elle ne l'est pas de
nuire par impulsion. Que veut-on de plus pour
améliorer sans détruire? Or, tranchez-vous la tête à
un homme égaré pour le ramener? Depuis soixante

ans la France ou plutôt les minorités n'emploient cependant pas d'autre remède pour guérir leurs gouvernements.

M. Louis Blanc ne reconnaît un peuple libre qu'à la liberté de la presse. Il voudrait sans doute la reproduction en grand de ce qu'elle a été de 1815 à 1830, de 1830 à 1848, de 1848 à 1852. Il voudrait que la presse pût chaque matin lever la toile sur un parlement de passions, de calomnies, de diffamations, d'insinuations tendant à défigurer aux yeux du peuple les bons comme les plus mauvais actes du Pouvoir.

Quel but utile trouvez-vous à cette liberté ? Est-ce la liberté qu'une liberté dont on abuse sans relâche depuis soixante ans ? Cette presse qu'a-t-elle créé ? Cette presse, que n'a-t-elle détruit ? Montrez-nous les progrès réalisés par elle dans les institutions, dans les mœurs, dans le bien-être matériel et moral du pays ? Qu'elle signale surtout les progrès faits en elle-même !

Selon nous et pour les clairvoyants, elle a tout abâtardi, tout rapetissé, tout dissous, tout tarifé, tout mis en insurrection dans la société publique comme dans la société privée.

Il suffit d'une ou deux méchantes femmes dans nos petites villes de province pour rompre les relations et jeter le désordre dans les rapports sociaux. Telle est, sur une vaste échelle, l'attitude de la presse à l'égard de la France et même de l'Europe. C'est une vieille commère, désolée d'avoir perdu, de ne pouvoir rien donner, et qui se résoudrait à prendre par famine.

La presse libre devient dans un État un pouvoir rival du pouvoir légal. La presse domine même les pouvoirs légaux, et les réduit à un rôle désastreux de courtisanerie.

Nous le demandons, de quel droit ce pouvoir monstrueux subsiste-t-il ? Où sont ses titres, ses délégations nationales? Qui représente-t-il, et en vertu de quel mandat?

Répondez-nous. Là est le fond de la question.

Un Député, un Sénateur, un Conseiller d'État peuvent produire leurs titres d'origine; ils constituent des pouvoirs délégués. Ce qu'ils sont, ils ont droit de l'être; ce qu'ils font, ils ont droit de le faire. La nation agit sans cesse par eux. Mais la presse?.....

La presse comme l'entend M. Louis Blanc, ce pouvoir formidable n'est qu'une usurpation! Elle est le triomphe des minorités sur les majorités; la honte du droit du plus fort asservi à la violence du plus faible; le despotisme de ce qui n'est pas sur ce qui est, et sur tout ce qui pourra être; c'est la mort sous les pas de tout gouvernement qui naît; c'est la dissolution sociale, la dispersion humaine, la suprême expression d'un individualisme qu'on exalte depuis deux siècles, dont on a fini par faire le seul tout agissant.

Quand donc M. Louis Blanc parle du droit national foulé par la force impériale, et nous juge esclaves parce que nous ne voulons pas de la liberté absolue de la presse, on ne se douterait point qu'il se croit la première représentation de la démocratie, et qu'il en professe les doctrines. On pourrait même penser qu'il se livre à un doux badinage, ou qu'il n'a jamais réfléchi à la souveraineté du peuple, à ses droits manifestés par les majorités, au véritable rôle de la presse, à l'usurpation qu'elle exerce, elle minorité, elle composée à l'aventure, elle sans délégation, elle tout mince individu, sur les pouvoirs nationaux d'un grand peuple tenant la haute main dans les affaires du monde !

Après la campagne d'Italie, l'on vient de publier que l'empire, certain désormais de sa puissance et de son inébranlable stabilité, songeait à rendre les écarts de la presse à la juridiction des tribunaux.

Faites avant, qu'un rocher qui pointe en mer ne soit pas à toute heure rongé par les flots. Réfutez avant tout mes arguments, et prouvez-nous que le pouvoir dressé en épidémie contagieuse par la presse au sein de la société, ne constitue point une usurpation et la pire et la plus désastreuse.

En effet, un gouvernement qui s'impose peut le bonheur public ; mais la presse ne peut que la suppression consécutive de tous les gouvernements. Cette usurpation n'a donc de possible, dans son action, que l'absence des gouvernements et la fin des sociétés.

Pour notre compte, nous croyons plus que jamais à l'indispensable nécessité de la législation actuelle sur la presse. Bien mieux, un ministère de la presse et de l'esprit public rendrait des services autrement sérieux qu'un ministère de la police. Et ce département ministériel, nous le qualifierions ministère de la paix ou du progrès.

Mais, dira M. Louis Blanc, vous organisez officiellement le despotisme. D'abord, le despotisme d'un seul, en tant que despotisme, est préférable au despotisme de tous, ou plutôt des partis, ou mieux des coteries; car, tous ne sont jamais rien, sous la démocratie, qu'un prête-nom aux mains des habiles et des ambitieux. Or, notre époque est assez riche d'individualisme et d'ambition sans y ajouter par la forme politique un nouvel excitant.

Puis, est-ce un despotisme que de se garer des perturbateurs? Le droit de légitime défense est-il un abus pour les particuliers? Le serait-il plus pour l'Etat? Quelle différence y a-t-il entre le fer homicide qui frappe et la parole ou le conseil qui arment le bras révolutionnaire par d'insultantes insinuations, en déversant la défiance, le discrédit, la honte et le mépris sur le Pouvoir, qui vit avant tout de confiance et de dignité?

Vous châtiez les voies de fait et vous érigeriez en principe inviolable le droit absolu d'émettre une pensée, mobile de toute voie de fait? Nous ne dirons pas avec M. Proudhon : la propriété c'est le vol; mais nous répéterons : la liberté absolue de la presse est une usurpation.

Parce qu'on est gouvernement, est-ce un motif à s'offrir en victime expiatoire à tous les coups? Parce qu'il faut un gouvernement, est-ce une raison pour que votre liberté ne soit complète et votre bien-être assuré qu'à la condition de pouvoir vilipender ce gouvernement? Un gouvernement est-il fondé pour servir de pâture à l'esprit révolutionnaire? Nous ne le croyons pas : il est établi pour durer. Or, s'il y a crime à tenter le renversement de ce que tous ont fondé, le principe de la liberté absolue de la presse, qui est une permanente tentative de destruction, se trouve faux et n'est à nos yeux qu'un pré-jugé de notre peur moderne du silence féodal. C'est l'extrême opposé d'un extrême, c'est l'individu subs-titué à la société, c'est le crime justifié dans sa cause, c'est non-seulement un non-sens, non-seulement un viol, non seulement un faux en écriture publique, c'est une immoralité.

Il est en effet immoral qu'on puisse tout dire, quand le droit de tout dire entraîne le droit de tout faire.

Or, le droit de presse est illimité ou il est restreint. S'il est illimité, le droit de tout dire comportant celui de tout faire et tout n'étant pas faisable, vous pro-clamez un principe immoral. Si tout est faisable et il le faut pour donner raison à votre logique, vous proclamez toutes les actions morales. Il n'existe donc pas d'immoralité? Notre organisation est donc parfaite? Nous voilà dès lors dépourvus de passions? Le monde ne leur offre plus ni appât ni périls? Et où allez-vous, Monsieur, de cette allure?

Si le droit de presse est restreint, où posez-vous la limite? Vous la placez ici; le Pouvoir, la Société l'arrêtent là. Dans cette dernière hypothèse, vous niez la liberté de la presse. Vous en rendez la réglementation au gouvernement. Ce qu'il fait, il a droit de le faire et vous ne sauriez vous plaindre. Pourquoi vous plaignez-vous?

M. de Girardin a si bien entrevu l'impasse dans laquelle le jetait la liberté restreinte de la presse, qu'avec son esprit investigateur et logicien, étranger à toute crainte, il a été conduit à proclamer audacieusement le droit de tout dire, et, par contre, le droit de tout faire.

Il n'a oublié qu'une chose, tout en étant plus démocrate en principes que tous les démocrates ensemble, c'est que les contes de fées n'ont plus crédit dans nos sociétés pratiques.

Il en est du reste de la liberté absolue de la presse comme de l'émancipation absolue de la femme. Nous vivons dans un temps où l'individualisme est si exclusif, qu'il ne reconnaît plus ni lois de nature, ni sexe, ni exigences sociales et qu'il veut tout émanciper. Bientôt les poissons s'émanciperont de l'eau et les oiseaux de l'air, s'ils découvrent une liberté de presse quelconque. Parce qu'il s'est trouvé quelques femmes supérieures, supériorité négative selon nous, le plus grand caractère de la femme consistant à rester femme dans l'acception sublime du mot, l'exception a été convertie en règle, comme si toute colline recélait un volcan parce que les volcans surgissent des montagnes.

Ce sont là des excroissances monstrueuses à l'égal de celles qui poussent exceptionnellement dans l'ordre physique.

L'ordre est aujourd'hui rétabli et, cependant, vous ne supprimez pas la gendarmerie.

Le rétablissement de la presse libre serait le rétablissement des lois d'exception et nous croyons, nous, au bon effet de leur suppression.

Ainsi, toutes garanties à la sécurité individuelle et contre les fauteurs de désordres et contre le Pouvoir lui-même.

Dès lors, il serait d'une prudente politique de rapporter les lois d'exception ayant vigueur jusqu'en 1863 et dont l'existence menace la confiance publique. On sait que Napoléon III ne saurait en abuser; mais l'Empereur ne monumente pas pour un jour : il érige et dans l'intérêt de la France et dans l'intérêt de sa Dynastie. Plus tard, s'il y avait abus de ces lois exceptionnelles, qui pourrait dire où s'arrêteraient les réactions? Or, un Pouvoir fort use modérément de telles lois; un Pouvoir plus faible en abuse.

Mais, si la liberté civile doit être sacrée, la liberté de nuire doit être retirée et il serait d'une politique prudente de maintenir les lois actuelles de presse, sauf à subordonner leur jeu, comme le fait si sagement M. le vicomte de la Guéronnière, à la sagesse même de cette presse.

Ces lois sont dans les droits de la société et ne les excèdent pas. Si une société entretient des armées contre les risques du dehors, il serait ridicule de lui refuser le droit d'une loi contre les risques du dedans.

Nous n'irons pas plus loin dans l'investigation des questions que soulèverait actuellement notre sujet. Elles ont été traitées dans notre récent ouvrage sur les *Gouvernements.* Cependant, un mot encore.

Nous avons dit que la France est plus apte à détruire qu'à édifier. Nous ajoutons qu'elle est dépourvue du sens politique et qu'elle ne saurait par contre s'administrer par des assemblées délibérantes.

Il suffira d'une preuve entre mille.

Pour qui vient, dans ces derniers temps, de parcourir la France avec habitude des observations politiques, l'esprit public se révèle sous deux physionomies différentes, curieuses à connaître, utiles à constater.

C'est avec un certain regret que la France avait vu s'ouvrir la sphère d'une guerre étrangère, et c'est avec le même regret qu'elle a vu se clore brusquement l'éclatante série de nos succès.

La France hésitait en face d'une perspective de guerre et, cette guerre une fois entreprise, elle n'eût pas su la terminer.

Cependant, l'expédition d'Italie a commencé et fini juste à point.

Pourquoi cette contradiction entre le Chef de l'État et le Pays?

C'est que la France, comme nous l'avons dit, est absolument dépourvue du sens politique, et que l'Empereur possède au suprême degré le génie des nécessités politiques et sociales, non-seulement de notre Nation, mais encore de l'Europe.

La France livrée à elle-même n'eût pas fait la guerre en Italie, quand elle pouvait par elle prendre le premier rang dans le monde, ressusciter une nationalité et remanier du même coup l'Europe à venir.

Cette guerre une fois entreprise, elle n'eût pas su la finir, au risque de voir ses premiers succès tourner en désastres sous l'influence du nombre.

L'Empereur ne veut pas d'une guerre avec l'Angleterre et le Pays l'entreprendrait d'enthousiasme.

Disons le donc, heureux le peuple que la Providence dote d'une puissante Tête, alors qu'il ne dispose que d'un grand cœur et de bras irrésistibles dans les guerres du dedans et du dehors, aussi inimitables dans les travaux qui fécondent, que désastreux dans ceux qui détruisent.

Quant à l'amnistie, elle a ému la France de joie; mais que le Gouvernement publie le chiffre des exilés qui refuseront de rentrer et vous sentirez, Monsieur, combien peu jugent les droits de la souveraineté nationale à votre point de vue. Vous comprendrez peut-être que la savante et paternelle administration de l'Empereur, bien plus que cette amnistie, lui a conquis l'admiration et les sympathies de ceux-là même que de regrettables nécessités l'avaient contraint de frapper.

Puissiez-vous comprendre aussi que vous avez gravement outragé la France en l'accusant de lâcheté et de servilisme.

Voulez-vous savoir ce qu'a dit la France après la campagne d'Italie, après l'amnistie, après tant d'autres actes caractéristiques? Cet homme ne fait rien comme les autres!

Vous jugez donc un Prince que vous ne connaissez pas ou que vous ne voulez pas connaître. Avec lui, c'est toujours de l'imprévu. Qui sait les choses qu'on lui verra faire un jour et auxquelles personne ne s'attend?

Il possède le secret des instincts de la France, que toute nouveauté attire et que l'inconnu tient sans cesse en éveil. La postérité le jugera bien autrement que ses ennemis modernes.

Mais, peut nous dire M. Louis Blanc, si cet homme exceptionnel fait la France si grande avec un régime d'exception, une autre tête, avec ce même régime, ne perdrait-elle pas la France et le Pouvoir?

Nous répondons avec le sentiment d'une profonde tristesse : Jusqu'ici la France a essayé de tous les régimes et tous ces régimes se sont écroulés ; que faut-il donc à la France? Cette succession de Pou-

voirs n'accuse-t-elle pas plutôt notre esprit d'insta-
bilité, que ces Pouvoirs d'incapacité? Au lieu de
supprimer, ne peut-on améliorer? Où nous conduira
cet insatiable besoin d'opposition et de taquineries
aux gouvernements, aux gouvernements mêmes qui
flattent le plus nos sympathies?

Que la France fasse un retour sur elle-même et
sache enfin où elle veut arrêter sa marche destruc-
tive, choisir un port et jeter l'ancre du salut.
Napoléon n'est pas immortel. Il ne répond devant
Dieu et devant les hommes que de ses actes. Un
Prince peut sauver une époque; une Nation seule
préserve une nationalité dans les péripéties successi-
ves des siècles. L'Empereur a beaucoup fait pour la
France; que la France l'assiste et se gare de l'avenir
par sa descendance. Il est de ces noms qui portent
bonheur et de ces gloires qui font vivre en une indis-
soluble unité, peuples, institutions, Dynasties.

Quel est le résultat de ces gouvernements nou-
veaux qui viennent périodiquement s'emparer de
nous? Ils nous sont étrangers et nous traitent en
étrangers; ils nous exploitent. Faisons que le Pouvoir soit de nos familles et il nous fera de la sienne.
Dans cette union, comme le monde, nous porterons
avec nous notre axe. Hors de là, il n'est que diffusion de mouvements et confusion.

POITIERS. — TYPOGRAPHIE DE HENRI OUDIN,